Le bea

Novel by A.C. Quintero

Cover art by C.J. Quintero

Interior Art by J. Fierro

Adapted by Cécile Lainé

Edited by Hélène Colinet

ISBN 978-1721929399

1

La Classe Des Confessions (Livre 1)

"Le cours de français"

Novel by A. C. Quintero

ISBN-13: 978-1981173297

Acknowledgements

This novel would not have been possible if not for the help and dedication of a team of French enthusiasts. I'd like to thank Cécile Lainé for her careful adaptation of the story, and for making it both culturally appropriate and comprehensible for students.

I'd like to thank Hélène Colinet for her careful attention to detail.

I'd also like to thank Kristin A. for creating the glossary and making the language totally accessible for students.

Le beau mensonge

Deuxième partie

Table des matières

Chapitre 1
La classe des confessions

Charles a un grand problème. Il vient de quitter la classe de français, il a honte et il est triste. Il a honte parce que le prof de français a lu son essai devant toute la classe. Dans l'essai, Charles a écrit une confession. Il a confessé qu'il aimait Justine !

Dans l'essai, Charles a écrit des phrases très romantiques. Maintenant, tous les élèves savent que Charles aime Justine. Pire,

Romain connaît son secret.

Charles n'aime pas Romain.

Quand le cours de français est

terminé, Charles court en classe de

maths. Il pense « Justine n'est pas en

cours de maths ». Mais à ce moment-

là, Charles se souvient que Romain

est en cours de maths avec lui !

« Oh non ! Je ne veux pas voir

Romain. Je ne veux pas parler à

Romain », pense Charles.

Charles marche vers la classe de maths. Soudain, il voit Romain. Romain le regarde intensément :

– Bonjour « mon amour », lui dit Romain d'un ton romantique.

Charles ne répond pas, mais il a très honte de sa confession.

– Charles ! crie Romain.

– Qu'est-ce que tu veux, Romain ?

Mais Romain ne lui répond pas. Il lui envoie un bisou et lui dit :

- Charles, « tu es mon rayon de soleil », ha ha ha.

Romain dit cela parce que

Charles a écrit « Justine est mon

rayon de soleil » dans son essai sur sa

classe préférée. Romain et ses amis

rient beaucoup. Mais Charles ne rit pas. Il ne rit pas parce qu'il a très honte. Il ne veut pas retourner en cours de français. Il ne veut pas y retourner parce que Justine est dans cette classe. Il ne veut pas y retourner parce qu'il a écrit des commentaires très inappropriés sur son prof de français, M. Martin.

Charles regarde Romain. Ensuite, il regarde la porte de la salle de classe et il pense : « ça va être une longue journée ».

Chapitre 2
Le portable

Charles entre en classe de maths. Le prof est à son bureau et il regarde les devoirs des étudiants. Le cours commence dans quelques minutes.

– Asseyez-vous ! ordonne le prof.

Charles cherche une place mais il ne veut pas s'asseoir près de Romain. Il ne veut pas s'asseoir près de lui parce qu'il ne veut pas entendre ses commentaires.

Sortez les devoirs, dit le prof.

Ensuite, le prof marche dans la salle de classe et regarde les devoirs des élèves. Il arrive près de Charles :

– Charles, tu as tes devoirs ? lui demande le prof.

– Non Monsieur, je ne les ai pas. Je peux les apporter demain. J'avais un entraînement de baseball.

– Demain ? demande le prof.

– Oui, je peux apporter les devoirs demain, affirme Charles.

– Ça vaut mieux, dit le prof.

Le prof marche et parle à d'autres élèves de la classe. Ensuite, il retourne à son bureau et dit :

– Sortez vos livres et allez à la page 345.

Charles n'arrive pas à se concentrer sur les maths. Il pense à son essai et à Justine qui connaît maintenant son secret. « Je suis **un gros nul**[1] », pense Charles.

– Charles, sors ton livre, lui dit le prof de maths.

– À quelle page ?

– Nous sommes à la page 345. Fais attention, Charles...

Les élèves parlent beaucoup en cours de maths. Le prof leur dit :

– Vous devez faire les activités de la page 345. Arrêtez de parler. Cette génération aime parler !

---

[1] a big loser

Mais les élèves ne font pas les activités. Ils n'arrêtent pas de parler. Ils parlent, parlent et parlent.

Charles ouvre son sac-à-dos et sort ses affaires. Il sort sa calculatrice, son livre, et son crayon à papier. Soudain, il voit une lumière brillante dans son sac-à-dos ; c'est son portable, il a un texto.

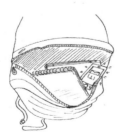

Il prend le portable pour lire le texto mais à ce moment-là, le prof de maths dit :

– Rangez les portables. Vous allez passer un examen de maths. Vous parlez beaucoup dans cette classe. Les élèves qui parlent beaucoup doivent passer un examen.

– Quoi ? Un examen ? demande Charles.

Charles ne veut pas passer d'examen parce qu'il n'étudie pas beaucoup pour le cours de maths. Il regarde rapidement son portable mais il ne peut pas voir le numéro de la personne, il peut juste voir la première phrase du texto. La première phrase du texto dit « j'ai une confession ». Soudain, l'écran se bloque.

– Nooooon ! Qu'est-ce qui se passe ? crie Charles, frustré parce qu'il ne peut pas voir le reste du texto.

Romain regarde Charles et rit.

– Charles, « mon amour », qu'est-ce qui se passe ? lui demande Romain en riant.

Ensuite, Romain envoie d'autres bisous à Charles.

Charles regarde Romain faire des faux bisous et il est furieux. Il pense :

« Le texto est de Romain ! »

– Qu'est-ce qui se passe ? Pourquoi est-ce que mon portable ne fonctionne pas ? crie Charles.

Le prof entend les cris de Charles et voit qu'il a son portable dans la main. Les élèves n'ont pas la permission d'avoir leurs portables pendant un examen de maths.

– Charles, donne-moi ton portable, ordonne le prof.

– S'il vous plaît Monsieur, j'ai un texto, répond Charles.

– Ça m'est égal si tu as un texto du président. Donne-le-moi tout de suite ! s'exclame le prof.

Il continue :

– Tu ne peux pas utiliser de portable pendant l'examen.

– Mais, je veux voir ce texto. Une minute, s'il vous plaît.

– Donne-moi ce portable tout de suite, ordonne le prof d'un ton plus sérieux.

Charles lui donne son portable.

– Quand est-ce que je peux récupérer mon portable ?

– Après l'école… Et maintenant, ta partie préférée du cours de maths, dit le prof avec un grand sourire.

– Ma… partie préférée ? répond Charles.

– Eh bien oui, l'examen de maths !

Range toutes tes affaires et… bonne

chance, ha, ha, ha, lui dit le prof.

Chapitre 3
La vie sans portable

Charles n'aime pas le prof de maths. Il est ennuyeux, strict et il ne sait pas enseigner les maths. Ses cours sont très mauvais et les élèves ne comprennent jamais ses leçons. Maintenant, le prof a son portable et il ne peut pas lire son texto.

Il y a un examen de maths mais Charles n'arrive pas à penser à l'examen ; il pense au cours de français. Il pense à sa confession : «

Justine est mon rayon de

soleil ».

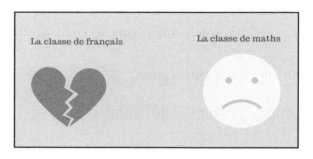

– Justine doit penser que je suis un

idiot, dit Charles.

Le prof entend le commentaire

de Charles et lui dit :

– Ne parle pas pendant l'examen !

Charles regarde les problèmes de maths sur l'examen. Il ne se souvient de rien. Il ne se souvient pas des formules et il ne se souvient pas non plus des équations.

Une demie heure passe et le prof annonce :

– Il est midi et demie et j'ai besoin de vos examens maintenant. C'est l'heure du déjeuner et… j'ai faim !

Le prof ramasse les examens. Quand il arrive au pupitre de Charles, il remarque que Charles n'a pas beaucoup écrit.

Le prof dit :

– Tu dois faire tes devoirs. Si tu ne fais pas tes devoirs, tu ne vas pas avoir de bonnes notes aux examens.

– Monsieur, je ne peux pas me concentrer… J'ai un gros problème.

– Un problème de filles ? demande le prof.

Charles ne veut pas parler de son problème à son prof.

– C'est pas grave… Je reviendrai plus tard pour chercher mon portable.

– À plus tard.

Charles sort de la salle de classe. Il est encore plus triste. Maintenant, il a beaucoup de problèmes : d'abord, il a fait une confession en cours de français. Ensuite, il a fait un faux pas avec Monsieur Martin. Et maintenant, Romain et ses amis se moquent de lui. En plus, le prof de maths lui a pris son portable. Finalement, il ne s'est pas souvenu des formules et des équations pour son examen de maths. La journée de Charles est terrible… mais elle va bientôt **devenir pire[2].**

---

[2] become worse

Chapitre 4
La cafétéria

Charles marche vers la
cafétéria. Il est furieux parce qu'il n'a
pas son portable et il ne peut pas
écrire de texto à Lucas, son meilleur
ami. Il attend dans la file d'attente. La
file d'attente de la cafétéria est très
longue. Il commande de l'eau et un
hamburger. Soudain, il voit Justine ;
mais il ne veut pas voir Justine. Il ne
veut pas lui parler non plus. Il a
honte de sa confession en cours de

français. Quand il voit Justine, il veut marcher dans la direction opposée.

Sophie est avec Justine. Elle voit Charles la première :

– Justine, regarde…Ton héros romantique est à la cafétéria. C'est trop cool ! s'exclame Sophie.

– Oui, il est trop beau. Comment est mon maquillage ? Comment sont mes cheveux ? demande Justine nerveusement.

– Aujourd'hui tu es très belle ! déclare Sophie.

– Je vais lui parler, dit Justine.

– Bonne idée ! lui dit Sophie.

Justine est heureuse parce qu'elle sait que Charles aussi s'intéresse à elle ; l'intérêt est mutuel. En cours de français, le prof a lu l'essai de Charles. Dans son essai, il admet qu'il aime le cours de français parce que Justine est dans ce cours. Il dit aussi que « Justine est mon rayon de soleil » et qu'elle est « mon âme soeur ». Elle est heureuse parce qu'elle a écrit un texto romantique à

Charles. Dans le texto, elle aussi a écrit une confession à Charles : « Tu me plais aussi ». Maintenant, elle veut parler avec Charles.

Justine marche vers lui, mais quand Charles la voit, il marche dans la direction opposée. Il ne sait pas que Justine s'intéresse à lui, parce que le prof de maths a pris son portable. Justine marche rapidement derrière lui. Mais Charles marche encore plus rapidement, parce qu'il veut s'enfuir. Il veut s'enfuir parce qu'il a honte et il a peur. Il pense que Justine va lui dire « Charles tu es un gros nul. Je ne peux pas aimer un garçon comme toi ».

Soudain, il entend son nom :

– Charles ! crie Justine.

Il s'arrête de marcher et regarde Justine. Il regarde ses yeux. Ses yeux sont très beaux. Il ne peut pas résister aux yeux de Justine.

– Salut, lui dit Charles, très nerveux.

Charles a très peur. Il a très peur parce que l'année dernière une fille de sa classe l'a rejeté. Il pense que Justine aussi va le rejeter.

– Salut Charles. Je voudrais parler de ton essai de français avec toi.

Charles est nerveux parce qu'il ne veut pas qu'une autre fille le rejette.

– Justine, j'ai une confession…

– Oui, moi aussi j'ai une…

Mais Charles interrompt Justine:

– C'était **un mensonge**[3], Justine. La vérité, c'est que je ne suis pas amoureux de toi. Je suis amoureux d'une autre fille. C'était un mensonge, lui dit Charles.

---

[3] a lie

Charles a dit un mensonge à Justine !

– Mais, je pensais que… lui dit

Justine, et Charles l'interrompt encore

une fois :

– Je suis désolé mais tu n'es pas la

femme de ma vie.

– Comment ? demande Justine.

– Au revoir Justine, dit Charles.

Charles sort de la cafétéria.

Maintenant, Justine est **perdue**[4]

et triste parce qu'elle pensait que

Charles s'intéressait à elle.

---

[4] lost, confused

Après la conversation, Charles est un peu **soulagé[5],** mais triste aussi parce qu'il est amoureux de Justine. Il va en cours.

---

[5] relieved

Chapitre 5
Après l'école

Il est trois heures et demie et les cours sont terminés. Tous les élèves sortent de l'école, sauf Charles ; il va en classe de maths. Il va en classe de maths pour récupérer son portable. Le prof de maths a son portable.

– Entre Charles, lui dit le prof.

– Bonjour Monsieur, je suis désolé d'avoir utilisé mon portable en classe. Je…

Le prof interrompt Charles :

– Je sais tout.

– Qu'est-ce que vous savez ? lui demande Charles.

– Je sais ce qui s'est passé… en cours de français - « Tu es mon rayon de soleil », lui dit le prof en riant.

– Pardon ? demande Charles.

– Mon petit Charles, tu n'es pas très fort maths mais tu es un garçon très romantique, lui dit le prof. Il

continue:

– J'ai besoin de ton aide avec mon

ex-femme !

– Comment est-ce que vous savez ce

qui s'est passé en cours de français ?

lui demande Charles.

– Monsieur Martin et moi, nous

sommes bons amis. Il m'a écrit un

texto. Il m'a expliqué la situation…

Et, je n'aime pas tes commentaires à

son sujet. Philippe Martin est un

excellent professeur !

– Attendez – vous pouvez recevoir et écrire des textos pendant les cours ? lui demande Charles.

– Bien sûr. Je suis prof, pas toi.

Le prof ouvre un **tiroir**[6] de son bureau et sort le portable de Charles.

– Voilà ton portable…« Casanova », lui dit le prof en riant.

Charles regarde son portable. Le prof regarde Charles et dit :

---

[6] drawer

– Tu devrais avoir un **mot de passe**[7].

Tu as un texto de Justine.

Le prof regarde Charles et lui

demande : « C'est Justine Roland ? »

Charles est énervé parce que le

prof a pris son portable, donc il ne

sait pas qui a écrit le texto. D'un ton

frustré, Charles lui dit :

– Je ne sais pas qui a écrit le texto

parce que vous avez pris mon

portable. Vous lisez les messages des

élèves ?

---

[7] password

– Si les élèves utilisent leurs portables

dans ma classe, je lis leurs

messages… Tu as d'autres questions ?

Sinon, je dois corriger les examens de

maths et apparemment ton examen

est **le pire**[8].

Charles est énervé mais il ne

dit rien. Il sort de la classe et regarde

son portable. C'est vrai : il y a un

texto de Justine !

Charles lit le message :

---

[8] the worst

« J'ai une confession : tu es le garçon du cours de français. Tu me plais aussi.

- Just. »

– Quoi ? Je plais à Justine ? dit Charles d'un ton heureux. Ensuite, il saute et il crie : Justine m'aime ! Je suis trop content ! Je ne suis pas un gros nul !

Le prof de maths entend les cris de Charles et sort de la salle de classe.

– Pourquoi est-ce que tu cries ?

demande le prof.

– C'est vrai ! J'ai un texto de Justine !

Elle m'aime ! annonce Charles.

– ha, ha, il y a DEUX messages de

Justine… lis son autre texto, lui dit le

prof.

Charles regarde son portable lentement et c'est vrai ; il y a un autre texto de Justine. Il lit le message : « Charles, je pensais que tu m'aimais mais je vois que ce n'est pas vrai. Tu es un menteur et tout ce que tu as écrit en cours de français est un mensonge. Je n'aime pas les menteurs. Je ne veux plus te parler… et encore une chose : tu es un gros nul ! - Just ».

Maintenant, Charles est encore plus triste. Il regarde le prof ; le prof sourit.

– Ce n'est pas grave, mon petit Charles. Tu es un garçon très romantique. En plus, il y a plein d'autres filles à l'école, Par exemple, je pense que Sophie est plus ton type…. lui dit le prof en riant.

Charles regarde encore une fois le texto et dit :

– Zut ! Un autre problème !

Chapitre 6
Le beau mensonge

C'est jeudi et Charles est triste.
Il est triste parce qu'il a cours de
français. Le cours de français n'est
plus son cours préféré. Le cours n'est
plus son préféré parce qu'il a écrit un
essai sur Justine et tous les élèves
l'ont entendu. Le cours de français
n'est plus son favori parce qu'il a
écrit des commentaires inappropriés
sur Monsieur Martin. Maintenant, il
est triste parce qu'il ne veut pas voir

Justine. Charles pense au texto de Justine : « Tu es un gros nul ».

Avant le cours, Charles va voir son ami Lucas dans le **couloir**[9] :

– Salut **mec**[10], ça va ? lui demande Lucas.

– Non, ça va pas, lis-ça, lui dit Charles. Et il lui montre le message de Justine.

Lucas lit le premier texto de Justine :

---

[9] hallway

[10] dude

« J'ai une confession : tu es le garçon du cours de français. Toi aussi tu me plais. »

Lucas répond :

– Excellent ! Tu lui plais !

– Pas exactement. Lis l'autre message, maintenant, lui demande Charles :

« Charles, je pensais que tu m'aimais mais je vois que ce n'est pas vrai. Tu es un menteur et tout ce que tu as écrit en cours de français est un mensonge. Je n'aime pas les menteurs. Je ne veux plus te parler…

et encore un truc : tu es un gros nul !

- Just ».

Après avoir lu le second message, Lucas dit :

– **Zut !**[11] C'est pas cool.

– Je sais, répond Charles d'un ton triste. Charles continue :

– Et maintenant j'ai cours de français.

Justine est dans la classe. Charles lui explique la situation. Ensuite, Lucas lui

---

[11] Shoot !

dit :

– Courage, mec !

– Mais, je ne sais pas quoi faire, dit

Charles.

– Tu dois être honnête avec elle,

commente Lucas.

– Honnête ?… mais comment ?

– Ben, parle avec elle. Dis-lui que tu

es un gros nul que tout le monde

mérite une deuxième chance.

– Une deuxième chance ? demande

Charles.

– Ben oui, c'est pas compliqué, dit Lucas.

La cloche sonne et Charles entre dans la classe de français. Il n'attend pas Justine. Il ne la regarde pas non plus. Il regarde le tableau. Monsieur Martin entre dans la classe et Charles lui dit :

– Bonjour Monsieur.

Mais le prof ignore Charles. Il l'ignore parce qu'il n'a pas apprécié ses commentaires inappropriés de

l'autre jour. Le prof commence le

cours :

– Aujourd'hui, nous allons parler du

roman *Le beau mensonge*.

Quand Justine entend le mot

« mensonge », elle regarde Charles

directement. Le prof sort le roman et

commence la discussion :

– Qui sont les personnages

principaux du roman ? demande le

prof à tout le monde.

Il attend la réponse des élèves.

Cette fois, Charles connaît la

réponse parce qu'il a fait ses devoirs.

Il lève la main parce qu'il veut

répondre à la question. Mais le prof

l'ignore ; il choisit un autre élève.

L'autre élève répond à la question.

– Les personnages sont Christophe et

Julie, répond Romain.

– Excellent Romain, affirme Monsieur

Martin.

Romain est content parce qu'il

connaît la réponse. Il **tape cinq**[12]

avec ses camarades de classe.

Ensuite, il regarde Sophie et lui fait

un **clin d'oeil** [13].

Le prof continue la leçon :

– Quel est l'un des conflits du

roman ? demande le prof.

Charles connait la réponse

donc il lève la main encore une fois.

---

[12] high fives

[13] wink

Il a fait ses devoirs et il veut répondre aux questions sur le roman. Il aime ce roman parce qu'il peut comprendre le personnage principal, Christophe. Charles veut attirer l'attention du prof.

– Monsieur, je sais quel est le conflit, crie Charles.

– Attends, ce n'est pas ton tour, lui dit le prof d'un ton sérieux.

Le prof choisit un autre élève :

– Sylvie, tu peux répondre à la question ?

– Oui Monsieur, répond Sylvie.

Sylvie regarde son portable parce qu'elle a la réponse dans son portable. Elle lit la réponse :

– Le conflit est que Christophe a dit un mensonge à Julie.

– Ah, Julie. Oui… Mais, quel est le mensonge ? demande le prof.

– Christophe a dit à Julie qu'il ne veut pas de relation avec elle, commente Sylvie.

– Pourquoi est-ce un mensonge ? demande le prof.

– C'est un mensonge parce qu'il veut une relation avec elle ; il l'aime, répond Didier.

– Alors pourquoi il ne veut pas de relation avec elle ? Pourquoi est-ce qu'il lui dit qu'il ne veut pas de relation avec elle. Quel est son motif ? demande le prof.

– Christophe a eu des problèmes avec d'autres filles et il pense que Julie va le rejeter, commente Nathalie.

Quand Charles entend le mot « rejeter », il regarde Justine.

– Excellent Nathalie, lui dit le prof.

Le prof continue la discussion sur le
roman :

– Et qu'est-ce que Julie en pense ?
demande le prof.

Sylvie répond à la question :

– Elle n'est pas contente parce qu'elle
pensait que Christophe voulait avoir
une relation avec elle.

– Vous comprenez la situation de
Christophe ? C'est un homme
honnête ou un menteur ? demande
Monsieur Martin aux élèves.

Le prof regarde Charles parce qu'il sait que Charles veut parler :

– Charles, qu'est-ce que tu en penses ? demande le prof.

Il répond à la question :

– Moi, je comprends la situation de Christophe. Il a eu des problèmes avec d'autres filles. Il a dit un mensonge parce qu'il a peur. À la fin, il lui dit la vérité et c'est ça le plus important.

– Mais les personnes honnêtes ne disent pas de mensonge ! crie Justine en regardant Charles.

Charles lui répond :

– C'est pas vrai. Les personnes honnêtes aussi font des erreurs. Les personnes honnêtes ne sont pas parfaites.

Toute la classe dit : ohhhhhhhh !

– Christophe est un menteur. Il ne dit pas la vérité à Julie, dit Justine.

– Il a peur. Il ne veut pas qu'une autre fille le rejette ; il veut se protéger, répond Charles.

– Non, c'est un menteur et une **poule mouillée**[14]!

Justine regarde Charles intensément et lui dit :

– Je n'aime pas les menteurs.

Tous les élèves regardent Justine et Charles. Il y a beaucoup de tension dans la conversation.

Deux élèves parlent :

---

[14] literally "wet chicken" i.e. a coward

– Ils parlent du roman ou d'une autre situation ? demande Sylvie à Nathalie.

– Je ne sais pas, mais la conversation est très intéressante, répond Nathalie.

Chapitre 7
Le débat

Monsieur Martin interrompt Justine et Charles et annonce :

– Eh tout le monde, nous avons un débat !

Charles et Justine vont devant la classe et se regardent. Il débattent de la situation dans le livre.

Charles développe sa position sur Christophe :

Le beau mensonge

– Christophe veut une relation avec Julie. Il l'aime beaucoup, mais il a peur.

Justine dit :

– Christophe est une poule mouillée, s'il aime Julie, il doit lui dire la vérité. Les relations honnêtes se basent sur la vérité, pas sur les mensonges ; le «

beau mensonge » n'existe pas.

– Mais, Christophe veut se protéger. Il

ne veut pas être rejeté. Il l'aime mais

il a peur. C'est pour cette raison que

c'est un beau mensonge, réfute

Charles.

La clase répond : ohhhhhhhhhh !

Charles pense au commentaire

de Justine ; il pense aussi aux

commentaires de son ami Lucas. Il lui

dit :

– Parfois les garçons ont peur et ne sont pas forts. Je pense que Julie devrait donner une deuxième chance à Christophe.

À ce moment-là, Charles prend la main de Justine et lui dit :

– Tout le monde a besoin d'une deuxième chance. Just, moi aussi j'ai besoin d'une deuxième chance.

– Eh ben, ce débat est très romantique, dit Sophie.

Romain regarde Sophie. Il lui envoie un bisou et veut lui prendre la main, mais elle crie :

– Laisse ma main tranquille !

Justine et Charles se regardent. Le prof les regarde et dit :

– Merci pour ce débat … si intéressant.

Mais Charles l'interrompt :

– Attendez Monsieur, je veux dire quelque chose d'important.

– On va finir la classe, Charles, commente le prof.

– Je veux vous parler, à la classe et à
vous Monsieur, répond Charles.

– Tu as 5 minutes, lui dit Monsieur
Martin.

Nathalie sort son portable pour
partager ce moment sur snapchat.

– Nathalie, range ton portable, lui
ordonne le prof.

Charles regarde le prof et lui dit :

– Monsieur, vous n'êtes pas mon prof
préféré mais vous êtes un bon prof. Je
regrette d'avoir écrit ces
commentaires inappropriés.

J'apprends beaucoup dans votre

classe, lui dit Charles.

– Bien, je comprends, répond le prof.

Il regarde Justine.

– Excuse-moi d'avoir menti. J'avais

trop peur. Tu es la femme de ma vie.

Justine regarde Charles intensément.

Elle regarde les élèves. Les élèves

crient :

– Allez ![15]

– Comme c'est romantique ! dit

Sophie.

---

[15] Come on!

Justine regarde Charles et lui

demande :

– Pourquoi est-ce que tu m'as dit que

tu ne m'aimais pas ?

– Je n'ai pas lu ton message. Le prof

de maths a pris mon portable.

– Le prof de maths a mon portable

aussi ! s'exclame Didier.

– **Tais-toi**[16] Didier, je veux écouter

Charles, lui dit Marie.

Monsieur Martin regarde

Charles et Justine. Il pense

---

[16] Shut up

immédiatement à Mademoiselle

Montaigne. Elle est très belle.

Monsieur Martin aimerait lui parler

mais il a très peur. Charles continue à

parler à Justine :

– Tu me plais beaucoup. J'aime tes

yeux. J'aime tes cheveux. J'aime tes

habits. Je sais que ta couleur préférée

est le bleu.

À ce moment-là, Charles sort

un crayon bleu de son sac-à-dos. Il

lui donne le crayon et une note écrite

sur un papier bleu.

Justine lit la note.

– Lis la note à voix haute, on veut

savoir ce que dit la note, lui dit

Sylvie.

– Que dit la note ? lui demande

Didier.

Justine lit la note :

« J'ai une confession : tu es une fille

très belle. Tu es l'amour de ma vie. Je

veux être ton petit ami. Est-ce que tu

veux veux être ma petite amie ? »

Marie répond : Oui, je le veux !

Tous les élèves regardent Marie parce qu'elle a répondu à la question de Charles. Didier lui dit : « Tais-toi, Marie » et tout le monde rit.

Les élèves regardent Justine. Elle ne dit rien. Tout le monde attend sa réponse. Tout le monde regarde l'horloge parce que la classe va bientôt se terminer.

Soudain, Justine répond :

– Non.

Tout le monde est surpris. Charles aussi est surpris et il dit :

Justine, je suis désolé…

Mais Justine l'interrompt :

– Charles...non… Je veux dire que je

ne peux pas imaginer ma vie sans toi.

Oui, je veux être ta petite amie. Toi

aussi tu es l'homme de ma vie !

Charles prend Justine dans ses

bras et il veut lui faire un bisou quand

Monsieur Martin l'interrompt :

– Pas dans ma classe !

Le cours va bientôt se terminer.

Romain se met devant la classe et

annonce :

– Moi aussi, j'ai une confession.

Tout le monde crie : Noooooooon !

Assieds-toi !

Mais Romain ignore les

commentaires des élèves :

– Sophie, je t'aime. Tu veux être ma

petite amie ?

Sophie regarde Romain et lui dit :

– Dans tes rêves.

Tout le monde rit : ha ha ha !

Quand la cloche sonne, Charles va

vers Romain et lui dit :

– Dans tes rêves.

Ensuite, il lui fait un faux bisou.

Charles rit beaucoup et il sort de classe avec Justine.

Après le cours, Charles prend Justine dans ses bras et lui fait un bisou.

Soudain le prof interrompt le bisou :

– Charles, viens ici.

– Qu'est-ce qui se passe ? répond Charles

– Tu es un garçon très courageux. Je veux être courageux comme toi, lui confie Monsieur Martin.

– Merci Monsieur, lui dit Charles.

« Ce n'est pas facile d'être courageux », pense le prof.

– Bon, au revoir Charles, on se voit mardi.

– Monsieur, je vais vous aider, lui dit Charles, avec un clin d'oeil.

Mais Monsieur Martin est perdu. Il ne comprend pas le commentaire de Charles. « Charles va m'aider ? », pense le prof. « Ce garçon est fou ! » pense Monsieur Martin.

Chapitre 8
La vie est un carnaval

Après l'école, Monsieur Martin finit son travail. Il range ses affaires quand soudain Mademoiselle Montaigne entre dans la salle de classe. Monsieur Martin est nerveux. Il est nerveux parce que Mademoiselle Montaigne est une femme spectaculaire et elle lui plait beaucoup. Elle lui sourit. Monsieur Martin lui sourit aussi.

– Bonjour Philippe, lui dit
Mademoiselle Montaigne.

– Bonjour, comment ça va ? répond
Monsieur Martin.

– Très bien. Je ne dois pas corriger
d'examens. Nous avons fait des
expériences toute la journée,
commente la prof.

– Alors, c'est une journée idéale.
Monsieur Martin et Mademoiselle
Montaigne rient.

Il est très content parce que la prof lui
plait beaucoup.

– Alors, j'ai reçu ton invitation, dit la prof, en souriant.

– Mon invitation ?

– Oui, ton invitation à déjeuner au restaurant français « Le Carnaval ». Comment est-ce que tu sais que j'aime la cuisine française ?

– Au restaurant, moi ? lui demande Monsieur Martin. Il ne comprend pas de quoi parle Mademoiselle Montaigne.

– Oui, j'ai ton invitation ici... dit la prof.

À ce moment-là, Monsieur Martin se souvient des mots de Charles :

« Monsieur, je vais vous aider. »

– Ah, oui… le restaurant français…

– Alors ma réponse est oui ! J'aimerais dîner avec toi ce soir. Je vais commander une quiche, une salade niçoise et un verre de vin rouge, s'exclame Mademoiselle Montaigne.

– Génial ! répond Monsieur Martín.

Maintenant il doit réfléchir à une excuse pour avoir plus de temps.

– … Je vais **éteindre**[17] l'ordinateur et ranger mes affaires. On peut partir dans 10 minutes ?

– Oui… J'ai hâte ! Ils ont une mousse au chocolat délicieuse.

– Oui… la mousse au chocolat…

Oui, elle est très bonne, dit Monsieur Martín.

Mademoiselle Montaigne est très heureuse parce qu'elle est

---

[17] turn off

amoureuse de Monsieur Martin.

Mais, elle ne dit rien parce qu'ils sont

tous les deux profs dans la même

école et les élèves sont des

commères[18]. Elle va dans sa salle de

classe pour chercher ses affaires.

Pendant ce temps[19], Monsieur

Martin organise ses affaires pour le

lendemain. Soudain, il voit l'essai de

Charles sur son bureau. Il prend son

stylo et écrit « 20/20 » sur l'essai.

Ensuite, il pense au restaurant :

---

[18] gossip

[19] meanwhile

« Zut ! Je ne sais pas où est le restaurant. »

Le prof prend son son portable et demande à Siri :

« Siri, où est le restaurant *Le Carnaval* ? »

Siri répond : Le Carnaval est à l'intersection de la rue Charles De Gaulle et la rue Simone de Beauvoir. Il a deux étoiles au guide Michelin.

– Parfait…! pense Monsieur Martin.

Philippe Martin est heureux, il sort de sa salle de classe quand

soudain il pense à une vieille

chanson de Georges Guétary : « La

vie est un carnaval ». Il pense à son

rendez-vous et il chante : « La vie est

un carnaval, et le monde est un

immense bal... »

GLOSSAIRE

a dit - [s/he] said, told

a écrit - [s/he] wrote

a eu - [s/he] had

a fait - [s/he] did, [s/he] made

a honte - [s/he] is ashamed

ai reçu - I received

a lu - [s/he] read

âme soeur - soul mate

amour(eux) - (in) love (with)

apporter - to bring

a pris - [s/he] took

arrêtent - [they] stop

arrêtez - [you all] stop

as - [you] have

as écrit - [you] wrote

asseyez-vous - sit down

attirer - to attract

avant - before

avez pris - [you] took

avons fait - [we] did, made

bientôt - soon

bisou(s) - kiss(es)

bonne chance - good luck

bras - arms

bureau - desk

ça m'est égal - I don't care

ça va être - this is going to be

ça vaut mieux - that's better

cela - this/that

chanson - song

cloche - clock

déjeuner - (to have) lunch

demain - tomorrow

devant - in front of

devez - [you all] ought

devrais - [I/you] should

devrait - [s/he] should

donc - therefore, so

donne-(le-)moi - give (it to) me

école - school

écran - screen

elle lui plaît - he likes her

encore - still/again

énervé - annoyed

ennuyeux - boring

enseigner - to teach

ensuite - then

entend - [s/he] hears

entraînement - practice / training

envoie - [s/he] sends

étoiles - stars

être - to be

facile - easy

fois - time

font - [they] do, make

fort(s) - strong

fou - crazy

habits - clothes

il a fait - he [has] made/done

jamais - never

je ne les ai pas - I don't have them

je plais à - I am pleasing to

je reviendrai - I will return

journée - day

j'ai hâte - I look forward

laisse tranquille - leave alone

lendemain - the next day

leur - to them

lève - [s/he] raises, [I] raise

lis-ça - read this

lui - him, to him/to her

maquillage - makeup

même - same

menteur - liar

mérite - [s/he] deserves

monde - world

montre - [s/he] shows

ne...plus - no longer

ne s'est pas souvenu - [s/he] didn't remember

ont entendu - [they] heard

ont peur - [they] are scared

ouvre - [s/he] opens, [I] open

parfois - sometimes

passer un examen - to take a test

pendant - during

porte - door

pouvez - [you] can

premier - first

quand - when

quelque chose - something

quitter - to leave/exit

quoi - what

qu'est-ce que - what

qu'est-ce qui se passe - What's happening

qu'est-ce qui s'est passé - What's happened

ramasse - picks up

rayon de soleil - ray of sunshine

recevoir - to receive

rêves - dreams

riant - laughing

rient - [they] laugh

rit - [s/he] laughs

rue - street

sac-à-dos - backpack

salle de classe - classroom

sans - without

savoir - to know

se moquent - [they] make fun of

se protéger - to protect oneself

se souvient - [s/he] remembers

soudain - suddenly

sourire - to smile

s'asseoir - to sit down

s'enfuir - to escape

tais-toi - be quiet

tous/tout/toute/toutes - all

tout de suite - right away

truc - thing

tu lui plais - she likes you

tu me plaîs - I like you

vérité - truth

vers - towards

vie - life

vieille - old

vient de - [s/he] has just

voir - to see

voix haute - out loud

voulait - [s/he] wanted

y - there

Made in United States
Orlando, FL
13 February 2025

58456570R00056